ALFRED TENNYSON

GENIÈVRE

ILLUSTRÉE PAR

GUSTAVE DORÉ

I0680172

2.872

[illegible] XII 80

[illegible] Ded. [illegible] [illegible]

[illegible] et [illegible]

[illegible] par la bande [illegible],

[illegible] fatigue)

2872.

GENIÈVRE

Resume
6545

PARIS. — IMPRIMERIE SIMON RAÇON ET COMP., RUE D'ERFURTH, 1.

Drawn by Gustave Doré. *Engraved by W. Ridgway.*

« Et encore le soir, devant son cheval, le cercle voltigeant des fées tournoyait et se dispersait. »

GENIÈVRE, P. 9.

ALFRED TENNYSON

GENIÈVRE

POËME TRADUIT DE L'ANGLAIS

PAR FRANCISQUE MICHEL

PROFESSEUR A LA FACULTÉ DES LETTRES DE BORDEAUX

AVEC NEUF GRAVURES SUR ACIER

D'APRÈS

LES DESSINS DE GUSTAVE DORÉ

PARIS

LIBRAIRIE DE L. HACHETTE ET Cie

BOULEVARD SAINT-GERMAIN, N° 77

1868

A

NAPOLÉON III

EMPEREUR DES FRANÇAIS

CE LIVRE

ŒUVRE DU GÉNIE COMBINÉ

DE L'ANGLETERRE ET DE LA FRANCE

ET PRODUIT D'UNE AMITIÉ ENTRE LES DEUX PEUPLES

QUI DOIT SURTOUT SA FORCE

A UNE AUGUSTE IMPULSION

EST DÉDIÉ

PAR SON TRÈS-HUMBLE ET TRÈS-OBÉISSANT SERVITEUR

J. BERTRAND PAYNE

GENIÈVRE

La Reine Genièvre avait fui la cour, et, dans la sainte maison d'Almesbury, assise, elle pleurait, sans personne auprès d'elle, si ce n'est une jeune novice. Une lampe basse brûlait entre elles deux d'un éclat rougi par le brouillard qui se répandait alentour ; car, partout au dehors sous une lune invisible, quoique dans son plein, un brouillard blanc comme un linceul se collait au sol inanimé, et la terre était silencieuse.

C'est là que Genièvre s'était réfugiée. L'auteur de sa fuite était messire Modred. Cet homme, neveu du Roi et son plus proche parent, était toujours aux aguets les yeux fixés sur le trône, pareil à un animal rusé, prêt à s'élancer et n'attendant que l'occasion. Il s'efforçait d'amoindrir la popularité du Roi avec des sourires silencieux de dénigrement ; il conspirait avec les seigneurs du

Cheval blanc, païens de la postérité d'Hengist; il cherchait à bouleverser la Table ronde d'Arthur et à y souffler une discorde utile à ses perfides desseins, tous animés par une profonde haine pour Lancelot.

Or, il arriva qu'un matin, quand toute la cour vêtue de vert, sauf les plumes qui rivalisaient avec la fleur de mai, était allée, suivant son habitude, cueillir l'aubépine, à son retour, Modred, toujours vêtu de vert, tout yeux et tout oreilles, grimpa sur le haut du mur du jardin pour surprendre, s'il était possible, quelque scandale secret; il vit la Reine assise entre Énide, la meilleure personne de sa cour, et la coquette Viviane, la plus rusée et la plus méchante. Il n'en vit pas davantage; car messire Lancelot, passant par là, devina son dessein. Et de même que la main du jardinier enlève des choux une verte chenille, ainsi Lancelot arracha du mur élevé et du bosquet en fleur Modred par le talon et le lança comme un vermisseau sur le chemin; mais quand il eut reconnu le prince, quoique souillé de poussière, respectant le sang royal même dans un méchant homme, il s'excusa autant qu'il put, et cela, en vrai chevalier, sans raillerie: car dans ce temps-là, aucun chevalier de la noblesse d'Arthur ne se permettait un pareil jeu; mais si un homme était boiteux ou bossu, la raillerie lui était permise, comme faisant partie de sa difformité, par ceux que Dieu avait créés avec tous leurs membres et une belle taille; le Roi et sa Table ronde, tous lui répondaient avec douceur. Donc, messire Lancelot aida le prince à se relever. Celui-ci épousseta vivement deux ou trois fois ses genoux, sourit et

Là, ils se donnèrent un baiser et se séparèrent en larmes.

GENIÈVRE, P. 5.

II.

Drawn by Gustave Doré

Engraved by A. Willmore

[library stamp]

s'en alla; mais, à dater de ce moment, la petite violence qui lui avait été faite rongea son cœur et l'agita comme le vent aigu qui, tout le long du jour, agite un petit étang saumâtre autour d'une pierre sur la côte stérile.

Mais quand messire Lancelot en fit le conte à la Reine, d'abord elle rit légèrement se figurant la chute poudreuse de Modred; puis elle frémit comme la villageoise qui s'écrie : « Je tremble, quelqu'un marche à travers mon tombeau. » Elle rit de nouveau, mais plus faiblement; car en vérité elle entrevoyait que Modred, en animal rusé, suivrait les traces de sa faute jusqu'à ce qu'il l'eût trouvée, et que son nom serait à tout jamais un terme d'opprobre. A partir de cet instant, elle put rarement, dans la salle du palais ou ailleurs, affronter la figure étroite de Modred, son museau de renard, son sourire faux et ses yeux gris au regard persistant. Dès ce moment aussi les puissances qui veillent sur l'âme pour l'aider contre la mort qui ne peut mourir, et pour la sauver même à la dernière heure, commencèrent à la troubler et à la tourmenter. Souvent au milieu de la nuit, pendant que le Roi respirait avec placidité, des figures grimaçantes allaient et venaient devant elle durant des heures entières, souvent aussi, semblable à quelque bruit douteux de portes qui craquent, entendu par le veilleur dans une maison hantée, qui conserve la souillure du meurtre sur ses murs, une vague terreur la tenait éveillée; ou, si elle dormait, elle faisait un rêve accablant : il lui semblait qu'elle était au milieu de quelque vaste plaine en face d'un soleil couchant; de ce soleil s'élançait vers elle quelque chose d'affreux, et l'ombre fuyait son à approche jusqu'à ce qu'il parvînt à Genièvre. Elle se retourna, et voici que l'ombre de la Reine, s'élargissant par la base et devenant de plus en plus noire, couvrit toute la terre, et les cités y brûlaient dans le lointain, et avec un grand cri elle s'éveilla. Tout ce trouble, loin de passer, ne fit que croître, jusqu'à ce que la figure placide du Roi sans reproche, et les honnêtes familiarités de la vie domestique, lui devinssent insupportables. Elle finit par dire : « O Lancelot, va-t'en dans ton pays ; car si tu tardes, nous nous réunirons de nouveau, et si nous nous trouvons ensemble, quelque mauvaise chance fera éclater le scandale devant le peuple et le Roi, notre maître. »

Lancelot promettait toujours, mais il restait, et ils continuaient à se voir. Elle dit encore : « O Lancelot, si tu m'aimes, va-t'en. » Alors ils convinrent qu'une nuit où le bon Roi serait absent, ils se réuniraient pour se séparer à jamais. Pâles d'amour, ils se rencontrèrent et se saluèrent ; les mains dans les mains, les yeux dans les yeux, ils s'assirent sur le bord de la couche royale, balbutiant et les yeux fixes : c'était leur dernière heure, l'ivresse des adieux. Modred amena ses créatures au pied de la tour pour lui servir de témoins. Il se mit à crier de toute sa force : « Sors, traître ! tu es pris à la fin. » A ces mots, Lancelot, comme réveillé en sursaut, se précipita dehors semblable à un lion, sauta sur Modred et le lança la tête la première. Le malheureux tomba tout étourdi, ses gens le relevèrent et l'emportèrent, tout rentra dans le silence. La Reine prit alors la

Elle s'enfuit à Almesbury, et resta en route pendant toute une nuit.

GENIÈVRE, P. 5.

III.

Drawn by Gustave Doré. Engraved by J.H. Baker.

parole : « Voici la fin, dit-elle, et je suis déshonorée pour toujours. — A moi la honte, dit Lancelot; c'est moi qui ai péché; mais lève-toi et cherche un asile dans mon château fort de l'autre côté de la mer. C'est là que je te cacherai jusqu'à mon dernier jour, là qu'avec ma vie je te soutiendrai contre le monde. » Elle répondit : « Lancelot, veux-tu me soutenir ainsi? Non, vraiment, mon ami; car nous nous sommes fait nos adieux. Plût au ciel que tu pusses me cacher à moi-même! La honte est pour moi, car j'étais épouse et tu n'étais point marié. Néanmoins, lève-toi et fuyons; car je me retirerai dans un sanctuaire et j'y attendrai mon jugement. » Lancelot prit le cheval de la Reine, l'y plaça, et monta sur le sien; et ils chevauchèrent jusqu'à un endroit où la route se divisait en deux. Là, ils se donnèrent un baiser et se séparèrent en larmes; car, se conformant au moindre désir de la Reine, il retourna dans son pays. Pour elle, elle s'enfuit à Almesbury, et resta en route pendant toute une nuit, errant dans les solitudes et les bois qui commençaient à s'éclairer; pendant qu'elle fuyait, elle entendit les esprits de ces lieux murmurer, ou plutôt elle crut les entendre. Elle se répétait à elle-même « Trop tard, trop tard! » jusqu'à ce que dans la fraîcheur qui précède le matin, le corbeau, comme une tache dans le ciel, élevant son vol croassa, et elle se dit en pensée : « Il épie quelque champ de carnage; car à ce moment les païens de la mer du Nord, attirés par les crimes et les frivolités de la cour, commencent à massacrer le peuple et à dépouiller le pays. »

A son arrivée à Almesbury, elle s'adressa aux nonnes et leur dit : « Mes ennemis me poursuivent; mais, ô paisibles sœurs, recevez-moi, donnez-moi un asile et ne demandez pas le nom de celle à qui vous le donnez, jusqu'à ce que le temps soit venu de vous le dire. » La beauté, la grâce, et l'influence qu'exerçait Genièvre opérèrent comme par un charme sur les religieuses, et elles s'abstinrent de l'interroger.

Ainsi la majestueuse Reine resta maintes semaines parmi les nonnes sans en être connue; elle ne se mêlait point à elles, ne leur révélait pas son nom, et, plongée dans son chagrin, elle ne pensait ni à se confesser ni à communier ; elle ne se plaisait qu'avec la petite novice, qui, par son babil enfantin, lui faisait oublier ses peines. Mais voici qu'une nuit le bruit se répandit que messire Modred avait usurpé la couronne et s'était ligué avec les païens pendant que le Roi faisait la guerre contre Lancelot. Elle se dit : « Avec quelle haine le peuple et le Roi doivent-ils me haïr ! » Elle mit sa tête dans ses mains sans proférer une parole, jusqu'à ce que la petite fille qui ne pouvait supporter le silence, le rompît en s'écriant : « Tard, si tard ! Quelle heure pourrait-il bien être maintenant? » N'obtenant aucune réponse, elle se prit bientôt à fredonner un air que les nonnes lui avaient appris : « Tard, si tard ! » La Reine l'entendant, leva les yeux et dit : « Ma fille, en vérité, si tu as envie de chanter, chante et détends mon cœur, afin que je puisse pleurer. » Alors, sans se faire prier davantage, l'enfant chanta : « Tard, tard, si tard ! sombre et

« Je vous en prie, noble dame, ne pleurez pas davantage ; mais souffrez que mes paroles vous consolent dans vos chagrins. »

GENIÈVRE, P. 7.

IV

Drawn by Gustave Doré. Engraved by J. Godfrey.

[library stamp]

froide est la nuit. Tard, tard, si tard! mais nous pouvons entrer encore. Trop tard, trop tard! vous ne pouvez entrer maintenant.

« Nous n'avions pas de lumière, nous nous en repentons; quand il le saura, l'époux s'apaisera. Trop tard, trop tard! vous ne pouvez entrer maintenant.

« Pas de lumière, si tard! La nuit est sombre et froide! Oh! laissez-nous entrer, pour que nous puissions trouver de la lumière! Trop tard, trop tard! vous ne pouvez entrer maintenant.

« Ne vous a-t-on pas dit combien l'époux est aimable? Oh! laissez-nous entrer, quoique tard, pour baiser ses pieds! Non, non, trop tard! vous ne pouvez entrer maintenant. »

Voilà ce que chanta la novice, pendant que la triste Reine, la tête dans les mains, pleurait amèrement, se rappelant la pensée qui l'agitait quand elle vint pour la première fois. La petite novice lui dit alors en babillant : « Je vous en prie, noble dame, ne pleurez pas davantage; mais souffrez que mes paroles, les paroles d'un être si petit et qui ne sachant rien ne sait qu'obéir (et quand je ne le fais pas, on me donne une pénitence), vous consolent dans vos chagrins; car ils ne sont pas le fruit du mal : j'en suis bien sûre, moi, qui vois votre grâce mêlée de tendresse et votre grandeur; mais mettez dans la balance vos peines avec celles de notre seigneur le Roi, et vous trouverez que celles-là sont bien peu de chose en comparaison. Arthur est parti pour faire une guerre acharnée à messire Lancelot autour du château fort où il retient la Reine; et Modred, auquel il a tout confié, le traître... Ah! noble dame, le chagrin du Roi pour lui-même, pour la Reine et pour le royaume, doit être trois fois aussi fort qu'aucun des nôtres. Quant à moi, grâce aux saints, je ne fais pas partie des grands; s'il me vient un chagrin, je pleure en silence, et c'est fini. Personne ne le sait, et mes larmes m'ont fait du bien; mais quand même les peines des petits égaleraient celles des grands, cependant ce chagrin s'ajoute à ceux que les grands doivent supporter, de ne pouvoir pleurer derrière un nuage, quelque désir qu'ils aient du silence. Ici même, à Almesbury, on jase sur le compte du bon Roi et de la méchante Reine. Si j'étais un tel roi et que j'eusse une pareille épouse, je voudrais cacher ses fautes. Mais si j'étais ce roi, cela ne saurait être. »

La Reine alors, parlant à son triste cœur, murmura : « Cette enfant va-t-elle me tuer avec son innocent babil ? » Mais elle répondit à haute voix : « Si ce traître déloyal a pris la place de son seigneur, ne dois-je point partager la douleur générale ?

« — Sans doute, dit la jeune fille : c'est bien là une douleur de femme, car c'est une femme dont la vie déloyale a mis la confusion dans la Table ronde, fondée jadis à Camelot par le bon Roi Arthur, avant l'arrivée de la Reine, avec des signes et des miracles de toutes sortes. »

La Reine alors se prit à penser de nouveau : « Cette enfant va-t-elle me tuer avec son sot bavardage ? » Mais, élevant la voix, elle lui dit : « O petite fille, renfermée entre les murs d'un cloître, que peux-tu savoir en fait de rois et de tables rondes ? de signes, ou de merveilles autres que les signes et les simples miracles de ton couvent ? »

La Reine alors se prit à penser de nouveau : « Cette enfant va-t-elle me tuer avec son bavardage. »

GENIÈVRE, P. 8.

Drawn by Gustave Doré

Engraved by C. H. Jeens

[library stamp]

A ces mots, la petite novice répliqua en babillant : « Oui en vérité, mais je le sais. Le pays était plein de signes et de merveilles avant l'arrivée de la Reine. Mon père me l'a dit, et lui-même était chevalier de la grande Table, depuis la fondation. Il venait du Léonnais, et il racontait que sur sa route, une heure ou peut-être deux après le coucher du soleil, au bas de la côte, il entendit une musique étrange. Il s'arrêta, et, se retournant, il vit le long de la côte solitaire du Léonnais des apparitions; chacune avait une étoile enflammée au-dessus de la tête, et aux pieds la lumière changeante de la mer; il vit sur les caps la flamme courir successivement dans le lointain jusque dans le cœur des riches contrées de l'Ouest. A cette clarté, la blanche sirène nageait; de robustes créatures à la poitrine humaine se tenaient sur les flots et envoyaient aux échos d'alentour les graves accents de leurs voix marines, auxquels répondaient les petits lutins des fentes et des crevasses, avec un son pareil à celui d'un cor lointain. Ainsi disait mon père... Oui vraiment, et de plus, le jour suivant, pendant qu'il traversait les sombres forêts, il vit lui-même trois esprits fous de joie s'élancer au bord de la route sur une grande fleur, qui trembla sous eux comme tremble le chardon lorsque trois linottes grises s'en disputent les graines; et encore le soir, devant son cheval, le cercle voltigeant des fées tournoyait et se dispersait, se reformait de nouveau pour se disperser encore, car tout le pays était plein de vie. Quand, à la fin, mon père arriva à Camelot, une ronde de danseurs aériens, se tenant par la main, se balançait autour de la lanterne allumée de la salle du palais, et dans la salle elle-même il y avait une fête comme personne n'en a jamais rêvé; car chaque chevalier se voyait servir, par des mains invisibles, le mets qu'il désirait, et même, disait mon père, dans les celliers deux joyeux lutins tout bouffis, à cheval sur les barriques, mettaient la main au robinet pour faire couler le vin. Telle était la joie des esprits et des hommes avant la venue de la Reine pécheresse. »

Genièvre dit alors, non sans amertume : « On était donc bien joyeux? Esprits et hommes, tous étaient donc de mauvais prophètes. Nul d'entre eux, pas même ton sage père, avec ses signes et ses merveilles, ne pouvaient-ils prévoir ce qui est arrivé au royaume? »

La novice repartit dans son jargon puéril : « Oui en vérité, un seul, un barde. Mon père dit qu'il avait chanté mainte noble chanson de guerre, même en présence d'une flotte ennemie, entre la côte escarpée et la vague qui approchait, et mains lais mystiques de vie et de mort sur le sommet brumeux des montagnes, lorsque autour de lui se penchaient les esprits des hauteurs, avec leurs cheveux baignés de rosée jetés en arrière comme la flamme. Ainsi disait mon père, et cette nuit le barde chanta les glorieuses guerres d'Arthur. Il chanta aussi le Roi comme un homme presque surhumain, et il raillait ceux qui l'appelaient le fils prétendu de Gorloïs. Personne, en effet, ne savait d'où il venait; mais après une tempête, lorsque la longue vague déferla avec le

« Pendant qu'il traversait les sombres forêts, il vit lui-même trois esprits fous de joie s'élancer au bord de la route sur une grande fleur. »

GENIÈVRE, P. 9.

VI.

Drawn by Gustave Doré. Engraved by G.C.Finden.

bruit du tonnerre sur les côtes de Bude et de Bos, il se leva un jour aussi calme que le ciel, et alors fut trouvé un enfant nu sur les sables du sombre Dundagil, à côté de la mer de Cornouailles. C'était Arthur. Il fut nourri jusqu'à ce que, par un miracle, il fut proclamé Roi. Le barde ajouta que son tombeau serait comme sa naissance, un mystère pour tous, et, que s'il pouvait trouver une femme aussi grande que lui, alors ce couple pourrait bien changer le monde. Mais, au milieu de son chant, le barde hésita, et sa main laissa échapper la harpe; il devint pâle, tourna sur lui-même, et serait tombé s'il n'eût été soutenu. Il ne voulut point raconter sa vision; mais le moyen de douter qu'il prévît l'intrigue criminelle de Lancelot et de la Reine? »

Genièvre se dit en elle-même : « Notre abbesse sainte nitouche et ses nonnes ont fait la leçon à cette petite fille pour se jouer de moi. » Elle courba la tête, ne prononça pas une parole. Ce que voyant, la novice en pleurs joignit les mains et maudit en babillant son propre babil; elle dit que les bonnes religieuses auraient plus d'une fois à réprimer l'intempérance de sa langue : « Et, chère dame, si je parais affliger une oreille trop triste pour m'écouter, et si je passe les bornes avec mon babil et les histoires que mon bon père me racontait, grondez-moi aussi, que je ne déshonore point la mémoire de mon père, dont les manières étaient si nobles, quoique lui-même dît qu'elles l'étaient moins que celles de messire Lancelot. Il est mort, tué dans un tournois, il y aura cinq ans l'été prochain, et il m'a laissée; mais des autres chevaliers qui restent, et des deux les plus renommés pour leur courtoisie (et je vous prie, grondez-moi si ma demande est indiscrète), dites-moi, s'il vous plaît, lequel avait les plus nobles manières pendant que vous viviez parmi eux, de Lancelot ou de notre seigneur le Roi? »

Alors la pâle Reine leva les yeux et lui répondit : « Messire Lancelot, comme il sied à un noble chevalier, était gracieux pour toutes les dames, et, en bataille rangée ou dans une joute, il ne cherchait point à se faire valoir; le Roi agissait de même, et tous les deux étaient les hommes les plus distingués; car les manières ne sont point choses vaines, mais le fruit d'une nature loyale et d'une âme noble.

« — En vérité, dit la jeune fille, les manières sont-elles un si beau fruit? alors celles de Lancelot doivent être dix fois moins nobles, ce chevalier étant, suivant le bruit public, l'ami le plus déloyal qui soit dans le monde entier. »

A ces mots, la Reine fit une réponse pleine de tristesse : « Enfant resserrée dans les murs d'un cloître, que sais-tu du monde, de ses rayons et de ses ombres, de toutes ses richesses et de toutes ses misères? Si jamais Lancelot, ce très-noble chevalier, cessa un seul moment d'être noble, prie pour lui qu'il échappe au feu éternel, et prie pour celle qui l'y a entraîné.

— « En vérité, dit la petite novice, je prie pour tous les deux; mais je pourrais plutôt croire que les manières de messire Lan-

« Alors fut trouvé un enfant nu sur les sables du sombre Dundagil, à côté de la mer de Cornouailles. C'était Arthur. »

GENIÈVRE, P. 11.

« Alors fut trouvé un enfant nu sur les sables du sombre Dundagil, à côté de la mer de Cornouailles. C'était Arthur. »

GUENIÈVRE, P. 11.

Drawn by Gustave Doré. Engraved by W. Greatbach.

celot furent aussi nobles que celles du Roi, que de me faire à l'idée, douce dame, à voir vos manières telles qu'elles sont, que vous êtes la Reine coupable. »

En parlant ainsi, pareille à d'autres parleurs, l'enfant blessait qui elle eût voulu guérir, et faisait du mal là où elle eût voulu apporter remède; car ici une explosion de courroux mit en feu la pâle figure de la Reine, qui s'écria : « Telle que tu es, puisses-tu n'être jamais l'une des religieuses de céans, oui, jamais! toi, leur instrument mis en jeu pour me tourmenter, me bafouer, me harceler, petit espion, traîtresse. » Quand Genièvre eut ainsi fait éclater sa colère comme une tempête, la novice effarée se leva blanche comme son voile, et resta immobile devant la Reine, tremblante comme l'écume au bord de la mer, en face du vent, prête à se disperser; et quand la Reine eut ajouté : « Sors d'ici, » elle s'enfuit épouvantée. Laissée seule, Genièvre se prit à soupirer, et commença à reprendre courage en se disant : « L'enfant sans détour et craintive n'avait aucune arrière-pensée, c'est ma conscience, trop timorée et plus simple qu'un enfant, qui s'est trahie; mais, ô ciel! viens à mon aide, car sûrement je me repens. Qu'est-ce donc que le vrai repentir s'il n'est dans la pensée... quand il ne faudrait, pas même dans la pensée la plus intime, rêver encore au péché qui nous a rendu le passé si agréable? et j'ai juré de ne jamais le revoir, jamais le revoir. »

Même en disant cela, sa mémoire, suivant une vieille habitude de l'esprit, se reportait involontairement aux jours dorés où elle vit Lancelot pour la première fois, quand il arriva comme ambassadeur, précédé de la réputation du meilleur chevalier et du plus beau des hommes, pour la conduire à Arthur, son époux, auquel il l'amena en effet; et là, loin des yeux de leurs suites, emportés par le charme de la conversation qui roulait sur l'amour, la chasse, les tournois et autres plaisirs (c'était le temps de mai et l'on ne songeait pas encore à mal), ils s'égarèrent sous des bosquets qui semblaient un paradis de fleurs, sur des tapis de jacinthes tels qu'on eût dit que les cieux étaient descendus sur la terre. Ils allaient ainsi de colline en colline, et chaque jour voyait à midi, dans quelque délicieuse vallée, dresser par des courriers partis d'avance, les pavillons de soie du Roi Arthur, pour un léger repas ou pour la sieste; et ils avançaient toujours, et toujours le soir, au coucher du soleil, ils voyaient le grand étendard du dragon, qui surmontait le pavillon de cérémonie du Roi, briller sur les bords du torrent écumeux ou de la fontaine silencieuse.

Mais quand la Reine, plongée dans cette extase et remontant le passé sans se l'avouer, en vint au moment où elle vit le Roi, pour la première fois, venir à sa rencontre hors de la ville, tandis qu'elle soupirait de regret de voir son voyage terminé, qu'elle jetait les yeux sur Arthur et pensait qu'il était froid, hautain, réservé et sans passion, « non pas comme mon Lancelot, » disait-elle; pendant qu'elle rêvait ainsi et redevenait à moitié coupable en pensée, un guerrier armé arriva à la porte du

Ils s'égarèrent sous des bosquets qui semblaient un paradis de fleur.

GENIÈVRE, P. 14

Drawn by Gustave Doré.

Engraved by E.P. Brandard.

BN

monastère. Un murmure circula dans le couvent, puis un cri soudain : « Le Roi ! » Genièvre s'assit comme engourdie, l'oreille tendue ; mais quand les pieds armés d'éperons s'avançant retentirent dans la longue galerie depuis les portes extérieures, elle se pencha hors de son siége, tomba et rampa la face contre terre. Là, avec ses bras blancs comme la neige et son épaisse chevelure, elle déroba sa figure à la vue du Roi, et, dans l'obscurité, elle entendit les pieds armés s'arrêter à côté d'elle. Vint ensuite le silence ; puis une voix se fit entendre, monotone et caverneuse comme celle d'un fantôme qui prononce un jugement. C'était celle du Roi, quoique changée.

« Toi ici couchée si bas, dit-il, toi la fille d'un père que j'honorais, heureusement mort avant ta honte? C'est un bonheur que tu n'aies pas d'enfant ; ceux que tu as enfantés sont le fer et le feu, l'incendie, la violation des lois, la perfidie domestique et les hordes des païens sans foi ni loi, fourmillant sur la mer du Nord. Tant que j'eus avec moi messire Lancelot, mon bras droit, le plus puissant de mes chevaliers, je les ai anéantis partout, dans ce pays chrétien, en douze grandes batailles. Et sais-tu maintenant d'où je viens?... D'auprès de Lancelot, et de lui faire une guerre acharnée. Lui, qui n'a point hésité à me blesser de la façon la plus cruelle, a eu cependant encore ces restes d'une gracieuse courtoisie de ne point lever la main contre le roi qui l'a créé chevalier ; mais plus d'un a été tué ; et nombre d'autres, ainsi que tous ses parents et alliés, se sont ligués avec lui et restent dans son pays. Beaucoup aussi, quand Modred a levé l'étendard de la révolte, oubliant leurs serments, se sont attachés à lui; les autres sont restés avec moi, hommes loyaux, qui m'aiment encore et pour lesquels je vis. De ceux-ci, je te laisserai quelques-uns pour te garder pendant l'heure terrible qui approche, afin qu'il ne soit point touché un seul cheveu de cette tête aujourd'hui si basse. Ne crains rien, tu seras gardée jusqu'à ma mort. Néanmoins je sais, si les anciennes prophéties ne sont point menteuses, que je marche à l'accomplissement de ma destinée. Tu ne m'as pas rendu la vie tellement douce que moi, le Roi, j'aie grand souci de vivre; car tu as gâté le but de mon existence. Souffre avec moi pour la dernière fois pendant que je montre, même pour l'amour de toi, le crime que tu as commis; car lorsque les Romains nous ont quittés, que leurs lois ont cessé d'avoir prise sur nous et que la violence régnait partout, çà et là un acte de bravoure redressait un tort comme par hasard; mais, de tous les rois, je fus le premier qui unis la chevalerie errante de ce royaume et de tous les autres sous moi, leur chef, par l'institution de ce bel ordre de ma Table ronde, glorieuse association, la fleur des hommes, pour servir de modèle à ce vaste monde, et commencer la chaîne de temps meilleurs. Je leur fis placer leur main dans la mienne et jurer de porter respect au Roi, comme s'il était leur conscience et que leur conscience fût leur roi, d'écraser les païens et de soutenir le Christ, de parcourir le monde pour redresser les torts de l'humanité, de ne proférer aucune médisance ni d'y prêter l'oreille, de vivre doucement dans la chasteté la plus pure, de n'aimer qu'une seule vierge, de s'attacher à elle et de l'honorer par une succession de hauts faits, jusqu'à conquérir sa main; car vraiment je ne sais point sous le ciel de maître plus subtil que ne l'est la passion vierge pour une jeune fille, non-seulement pour garantir un homme de pensées basses, mais pour lui en enseigner d'élevées, lui inspirer d'aimables paroles, la courtoisie, l'amour de la gloire et de la vérité, en un mot, tout ce qui fait l'homme. Tout cela a prospéré jusqu'au moment où je t'ai épousée, avec l'espérance que tu serais ma compagne pour t'associer à mes desseins et partager ma joie. C'est alors qu'eut lieu ta honteuse faute avec Lancelot, ensuite vint le péché de Tristan et d'Iseult; puis d'autres, suivant l'exemple de mes plus illustres chevaliers et s'autorisant de leurs noms glorieux, péchèrent aussi, jusqu'à ce que prévalut odieusement le contraire de tout ce que mon cœur avait rêvé, et tout cela, par toi! De sorte que je garde ma vie, comme un don précieux de Dieu, quoique je n'y tienne guère, en la préservant de mal et de souillure; mais je songe combien ce serait triste pour Arthur, s'il devait vivre, de s'asseoir une fois de plus à son foyer désert, de ne plus retrouver le nombre accoutumé de ses chevaliers, de ne plus entendre le poétique récit des nobles actions, comme dans les jours d'or avant ta faute; car qui de nous survivant aux autres, pourrait parler du cœur pur ni sembler jeter les yeux sur toi? Dans ta demeure de Camelot ou d'Usk ton ombre semblerait encore glisser de chambre en chambre, et je serais à jamais tourmenté par ton souvenir en voyant quelque robe pendue, quelque ornement oublié, ou bien par le bruit de pas fantastiques retentissant sur l'escalier; car, ne crois pas, quoique tu n'aies point aimé ton mari, qu'il ait perdu tout son amour pour toi. Je ne suis point fait de si faibles éléments; cependant, il faut, ô femme, que je t'abandonne à ta honte. Je tiens pour le pire des ennemis publics l'homme qui, par amour pour lui ou ses enfants, pour éviter le scandale à sa famille, laisse l'épouse qu'il sait infidèle, demeurer sous le même toit et gouverner la maison; car, par une pareille lâcheté, étant admise à conserver sa position, étant partout acceptée comme pure, elle se glisse dans la foule qui n'y prend point garde, comme une nouvelle maladie inconnue aux hommes. Les éclairs de ses yeux font des victimes, elle sape la fidélité de nos amis, accélère d'une façon diabolique le mouvement du sang et empoisonne la moitié de la jeunesse. Un pareil homme, s'il régnait, serait le pire de tous. Mieux vaut que le foyer du Roi soit désert et que son cœur saigne, plutôt que tu reprennes ta place élevée, en butte à la risée de mon peuple et à sa malédiction. »

Il s'arrêta; la Reine se traîna quelque peu vers lui, elle mit ses mains autour des pieds de son époux. Dans le lointain une trompette solitaire se fit entendre : alors le destrier qui atten-

Il s'arrêta ; la Reine se traîna quelque peu vers lui, elle mit ses mains autour des pieds de son époux.

GENIÈVRE, P. 18.

IX.

Drawn by Gustave Doré. Engraved by C. H. Jeens.

[library stamp]

dait à la porte, hennit comme à la voix d'un ami, et Arthur reprit la parole :

« Ne crois pas, cependant, que je vienne te reprocher tes crimes; je ne suis pas venu pour te maudire, Genièvre, moi, dont l'immense pitié me fait presque mourir à te voir couchée à mes pieds étalant tes cheveux d'or dont je me faisais gloire dans des jours plus heureux. Le courroux qui, à la première nouvelle de ta retraite ici, poussait mes pensées vers cette terrible loi, la punition de la trahison par le bûcher, ce courroux est passé. Le tourment qui m'a fait répandre des larmes de sang pendant que je pesais ton cœur avec un cœur trop loyal pour soupçonner en toi la moindre infidélité, est aussi passé en partie. Tout est passé, le crime est commis, et moi je te pardonne comme pardonne le Dieu éternel; fais le reste pour ton âme. Mais comment prendre congé pour toujours de tout ce que j'aimais? O cheveux dorés avec lesquels j'avais coutume de jouer dans mon ignorance! O port d'impératrice et beauté telle que jamais femme n'en eut de pareille, jusqu'à ce qu'avec toi elle soit devenue une malédiction pour un royaume... je ne puis toucher tes lèvres : elles ne sont pas à moi, mais à Lancelot; non elles ne furent jamais au Roi. Je ne puis prendre ta main : c'est de la chair, et tu as péché dans la chair : la mienne en abaissant ici son regard sur la tienne, qui est polluée, crie : « Tu me fais horreur! » Néanmoins, ô Genièvre, comme j'ai toujours été vierge excepté pour toi, mon amour par la chair est entré si avant dans ma vie, que mon châtiment est de t'aimer encore. Que personne n'imagine que je ne t'aime plus. Peut-être, si tu purifies ton âme, si tu t'appuies sur notre bon père Jésus-Christ, plus tard dans ce monde où tous sont purs, nous pourrons nous retrouver devant le trône élevé de Dieu ; là tu t'élanceras vers moi, tu diras que je suis à toi et tu sauras que je suis ton mari... Pas de plus petite âme entre nous, ni Lancelot ni aucune autre. Laisse-moi, je t'en prie, cette dernière espérance. Maintenant, il me faut partir. Au milieu des ténèbres épaisses, j'entends la trompette sonner ; on m'appelle, moi le Roi, pour conduire loin d'ici mes troupes à la grande bataille dans l'Ouest. C'est là qu'il me faut lutter contre le fils de ma sœur, ligué avec les seigneurs du Cheval Blanc et avec des chevaliers autrefois les miens, lui donner la mort ou périr moi-même ou subir je ne sais quel sort mystérieux. Dans ce séjour, tu apprendras l'événement ; mais ici je ne reviendrai jamais, je ne coucherai jamais à tes côtés, ne te reverrai jamais, adieu. »

Pendant qu'elle se traînait à ses pieds, elle sentit le souffle du Roi errer sur son cou, et dans l'obscurité, sur sa tête penchée, elle sentit le mouvement de mains qui bénissaient.

Alors, écoutant jusqu'à ce que les pieds armés eussent cessé de retentir, la pâle Reine se leva, et dans son angoisse elle trouva la fenêtre : « Si je pouvais, pensait-elle, seulement voir sa figure sans moi-même en être vue. » Il monta à cheval à la porte ; rangées autour de lui, les nonnes attristées tenaient chacune un flambeau, et il leur donnait des ordres concernant la Reine pour la garder et la nourrir le reste de ses jours. Pendant qu'il leur parlait, la visière de son heaume était baissée. Au-dessus s'élevait, en cimier, le dragon d'or de Bretagne, de sorte qu'elle ne vit point le visage d'Arthur qui semblait alors celui d'un ange; mais elle vit, mouillé par le brouillard et miroitant aux lumières, flamboyer le dragon du grand Pendragon et répandre dans la nuit une vapeur de feu. A ce moment même, il se retourna; et de plus en plus la lueur blafarde de la lune roulant autour du Roi qui, au milieu d'elle, ressemblait au fantôme d'un géant, l'enveloppa pli par pli, et répandit sur lui une teinte de plus en plus grise, jusqu'à ce que lui-même il devînt comme le brouillard, allant comme un spectre à sa destinée.

Alors elle étendit les bras, et s'écria avec force : « O Arthur! » Tout d'un coup sa voix se brisa; puis, comme un ruisseau qui, jaillissant d'une montagne escarpée, tombe dans l'espace, mais, se réunissant à la base, se reforme et s'élance en suivant le vallon, elle laissa éclater sa passion.

« Parti, mon seigneur!... parti, obligé, par mon péché, à tuer et à être tué! Il m'a pardonnée, et je n'ai pu parler. Adieu! j'aurais répondu à son adieu. Sa miséricorde m'étouffait. Il est parti, le Roi mon époux, mon légitime seigneur, comment osai-je l'appeler mon époux? L'ombre d'un autre s'attache à moi et me souille : lui, le Roi, m'a bien appelée polluée. Me tuerai-je? A quoi bon? Je ne puis tuer mon péché, si l'âme est âme; je ne puis non plus tuer ma honte, ni l'éteindre à force de vivre. Les jours deviendront des semaines, les semaines des mois, les mois s'ajouteront les uns aux autres et feront des années, les années s'aggloméreront en siècles, et mon nom sera toujours un terme de mépris. Je ne puis vivre en face de ce déshonneur. Que le monde existe, ce n'est que le monde. Quoi de plus? Quelle espérance? Je crois qu'il y en avait une, à moins qu'il m'ait raillé en parlant d'espoir. Il l'appelait son espérance; mais il ne raille jamais, car la raillerie est la fumée des petits cœurs; et béni soit le Roi qui a pardonné mon crime envers lui, et m'a laissé espérer dans mon cœur que je puis racheter mon péché et redevenir ensuite sa compagne dans les cieux devant le trône élevé de Dieu. Ah! grand et noble seigneur, qui es au milieu de tes chevaliers, comme est la conscience d'un saint parmi ses sens agités, toi vers lequel mon perfide et voluptueux orgueil, qui puisait si aisément toutes ses impressions en bas, ne voulait point lever les yeux, ou dédaignait à demi la hauteur à laquelle je ne voulais ou ne pouvais monter; je crus que je ne pourrais respirer dans cette atmosphère éthérée cette pure sévérité de parfaite lumière... J'avais besoin de chaleur et de couleur, et les trouvai dans Lancelot... Maintenant je te vois tel que tu es : tu es à la fois l'être le plus élevé et le plus humain comme ne le saurait être ni Lancelot ni tout autre. N'y aurait-il personne pour dire au Roi que je l'aime, quoique si tard ? maintenant... avant qu'il ne parte pour la grande bataille ? personne : c'est à moi à le lui dire dans cette vie plus pure ; aujourd'hui ce serait trop téméraire. Ah ! mon Dieu, que n'aurais-je point fait de ce bel univers si je n'eusse aimé que ta plus noble créature ici-bas ? C'était mon devoir, et sûrement mon avantage, d'aimer la perfection, si je l'eusse connue, comme c'eût été mon plaisir, si elle se fût offerte à mes regards. Nous devons aimer la perfection lorsque nous la rencontrons, et non Lancelot ni aucun autre. »

Ici sa main saisie par une autre main lui fit baisser les yeux ; elle regarda, vit la novice en pleurs, suppliante, et lui dit : « En vérité, enfant, ne suis-je point pardonnée ? » Levant ensuite les yeux, elle se vit entourée des saintes nonnes toutes en larmes : son cœur alors se détendit, elle pleura avec elles et parla en ces termes :

« Vous me connaissez donc enfin, vous connaissez cette femme perverse qui a fait échec au vaste dessein et au projet du Roi. Oh! saintes filles, fermez sur moi les portes étroites du cloître, que je n'entende point crier anathème contre moi. Je ne dois point me mépriser, car il m'aime encore ; on ne saurait imaginer le contraire. Laissez-moi donc, si je ne vous fais point horreur, si vous n'avez pas de répugnance à m'appeler votre sœur, demeurer avec vous, me vêtir de noir et de blanc, comme vous, être religieuse, prendre part à vos jeûnes, sans partager vos fêtes : me mêler à vos chagrins, sans m'affliger de vos joies, mais sans m'en réjouir ; m'associer à vos cérémonies, prier et être l'objet de vos prières ; m'agenouiller devant vos autels, remplir les plus bas offices de votre sainte maison, me promener dans votre sombre cloître et distribuer des consolations aux pauvres malades, plus riches et plus sains que moi aux yeux de Celui qui nous a rachetés ; panser leur plaies repoussantes, guérir les miennes, et user ainsi, dans la pratique de l'aumône et de la prière, la fin tragique de ce jour voluptueux qui a consommé la ruine de mon seigneur le Roi. »

Elle dit. Les nonnes la prirent avec elles ; et Geniève, toujours espérant, mais se demandant avec crainte « serait-il trop tard, » demeura au couvent jusqu'au moment où l'abbesse mourut. Alors, en raison de ses bonnes actions et de la pureté de sa vie, de son talent d'administration et pareillement à cause du rang élevé qu'elle avait occupé, elle fut choisie pour abbesse. Abbesse, elle vécut trois rapides années, et comme abbesse elle passa là où la paix n'est troublée que par des chants pieux.

BIBLIOTHÈQUE NATIONALE

FIN DE GENIÈVRE.

PARIS. — IMP. SIMON RAÇON ET COMP., RUE D'ERFURTH, 1.

www.ingramcontent.com/pod-product-compliance
Lightning Source LLC
Chambersburg PA
CBHW060456260626
47161CB00005B/2124
* 9 7 8 2 0 1 1 3 4 9 2 0 0 *